꽃처럼 아름답지 않더라도

꽃처럼 아름답지 않더라도

윤여칠 시집

그때까지 당신이 꽃처럼 아름답지 않더라도
담장의 검붉은 장미처럼 서로 엉켜서 꽃이 됩시다

좋은땅

시인의 말

　평범한 선생이 예순이 넘어 시집을 내기까지는 많은 용기가 필요했다.

　지금까지 살아오면서 많은 것을 느끼고 시인들이 써 내려간 주옥같은 시를 접하면서 용기를 가질 수 있었던 것 같다.

　시집 제목을 '꽃보다 아름답지 않더라도'가 아닌 '꽃처럼 아름답지 않더라도'라고 하여, 비교 우위의 개념에 상당히 매몰되어 있는 현대인의 가치에 거리를 두고자 하는 본인의 심정을 피력하였다.

　실제적인 시를 쓰고 싶었다.

　전통적인 서정을 바탕으로, 소소하면서도 일상적인 소재를 주로 하고 거기에서 느껴지는 바를 솔직하게 표현하려 노력하였다.

　더구나 이과를 전공한 본인이 시 작업을 시도할 수 있었던 것은 '중용'에 상당한 가치를 부여하여 균형 잡힌 삶을 살기 위한 한편의 시도였다.

현재와 같은 융·복합 다양성의 시대에 본인과 같이 시를 쓸 수 있다는 메시지를 전하고 싶은 이유는, 누구나 관심만 있으면 가능하다는 것을 본보이고 싶었을지도 모르겠다.

'시는 그냥 저마다 느끼는 것'이라고 말하고 싶다.

이 시로 인하여 다만 몇 사람이라도 공감하고 행복해한다면, 나는 일생의 끔찍이 좋은 선물을 받은 것이며 행복에 겨워 시원한 맥주 한 잔을 마실 것이다.

지금까지 나랑 같은 방향을 바라보며 모든 것을 함께해 준 멋진 아내와 앞으로 큰 기쁨이 있을 큰딸과 작은딸에게 고마움을 표한다.

특히, 하늘에 계신 우리 부모님과 장인어르신. 그리고 더 사랑하고 싶은 장모님께 무한한 감사와 존경을 올립니다.

2019년 10월의 어느 멋진 날에

서울에서 윤여칠

차
례

1부

봄

봄

몸으로 만지고
맘으로 느끼며
혼으로 부를 때

그러면,
봄은 사과다

꽃들에게 안부를

아침에 거닐며
꽃들에게 인사를 하였다
더 예뻐졌다고

저녁에도
풀들을 쓰다듬어 주었다
장하다고

웃으며
박수쳐 주었다

꽃처럼 아름답지 않더라도

핸드폰 애칭에
이쁜 바보로 했지요
바라볼수록 보고 싶은
이쁜 여자

위해 주는 좋은 의미를
담고 있지만
그저 그 의미로만 있었네요

내 아내에게
우리 어머니들 삶의 모양을
그대로는 안 주겠다
다짐했지만
그저 그 다짐만 했네요

나는
사소한 모든 일을
수다 떨면서

마음을 준다고 했지만

그저 그 수다만 떨었네요

문제의 해결책은

내가 먼저

양보하고 포용해야 한다고

근사하게 말했지만

그저 그 말만 했네요

앞으로 더욱

실천 노력을 하겠다고

약속하려 하는데

또

그저 그 약속만으로

끝날지 민망해집니다

그래도

한 번 더 믿어 주겠지요

포로 같은 친구 사이인데

헤어질 날이 언제인지
너 나 모르는데
누가 먼저 안녕할지
나 너 알 수 없는데

그때까지 당신이
꽃처럼 아름답지 않더라도

담장의 검붉은 장미처럼
서로 엉켜서
꽃이 됩시다

난 지금도

난 지금도,
벚꽃비 쏟아져 내리는 봄날
봄처럼 화사한 그녀의 가녀린 손을 꼭 잡고
우산 속에 하나 되어 워커힐 길을 걷고 싶다
'봄비' 음악을 들으면서……

난 아직도,
황금빛 붉은 노을이 번지는 여름날
고운 모래가 끝없이 펼쳐진
강화도 해변에서
긴 생머리의 그녀와 단둘이 뛰고 싶다
'바다의 협주곡' 경음악을 들으며……

난 요즘도,
단풍이 절정인 맑은 가을날
나뭇잎 사이로 쏟아져 내려오는
따사로운 아침 햇살을 얼굴에 한껏 받으며
볼 빨간 그녀와 천불동 계곡을 웃으면서 오르고 싶다

'10월의 어느 멋진 날에'를 들으면서……

난 여전히,
가볍게 바람 부는 을씨년스런 겨울날
무릎이 빠질 정도의 함박눈을 맞으며
엄지장갑 속에 그녀의 손과 하나 되어
미사리 위례강변길 둑방을 거닐고 싶다
'눈이 내리네'를 들으며……

머리 희끗해진 지금도 난,
사과처럼 풋풋한
레몬처럼 상큼한
학창 시절의 남자이고 싶다

동쪽 하늘

이른 새벽
검은 산 너머로 불이 난 듯
하늘이 빨갛게 채색되고

진노랑 해가 솟구치며
바람과 나무 새들은 고요하게
하루를 엽니다

만물이 생명의 기운을 들이마신 듯
꿈틀거립니다
몸짓합니다

동쪽 하늘은 생명입니다

들에 핀 꽃

누가 저 들에 핀 꽃을 예쁘지 않다 하더냐
당신의 생각은 옳지 않았습니다

누가 저 들에 핀 꽃을 예쁘다 하더냐
당신의 생각은 옳았습니다

저 들에 핀 꽃은
하늘 아래 피어 있는 것만으로도
총총(悤悤)하게 예쁩니다

*총총하다: 촘촘하게 떠서 또렷또렷하게 빛나다

무지개꽃

무지개꽃이 피어납니다
교실에서
저마다의 색깔을 뽐내며
피어납니다

무지개꽃이 달려갑니다
운동장에서
개미의 몸짓을 자랑하며
달립니다

이제,

무지개꽃들이 날아올라
나를 너를 모두를
뜨겁게 껴안으려
사람꽃들이 선수처럼 달려옵니다

봄날

봄기운은

민들레 홀씨 날개처럼

봄바람 따라 날아올라갑니다

긴 겨울 동안 묵었던 답답함을

민들레 홀씨처럼

가볍게 털어냅니다

봄날입니다

봄비

비가 온다
비를 바라본다
조용히 눈을 감는다

저 멀리서 그 님이 온다
어릴 적 첫사랑 그 애가

마주 앉아
환하게 웃으며
그윽한 눈빛으로 바라본다

후드득 거친 빗소리에
슬픈 얼굴의 그 애는 떠나고

다시
비를 바라본다
살며시 내리기를 기원하며

오래된 영화 화면 같은 비는

오늘도 눈처럼 내린다

사람 꽃

화사하게 그리지 않아도
꽃은 화사하다

예쁘다고 말하지 않아도
꽃은 예쁘다

꽃과 함께 있지 않아도
너는
꽃처럼 아름답다

사랑

나를 좋아하는 것만큼
너를 좋아한다

나를 사랑하는 것 이상
너를 사랑한다

시소놀이

시끌벅적한 아이들이
시소를 신나게 탄다
오른쪽으로 왼쪽으로
올랐다 내렸다

한 아이가 가운데 앉아
수평을 만들려
중심을 잡아보려 한다

나는 유심히 본다

이젠 일어나
오른발 왼발에 번갈아 힘을 주나
힘들어 보인다

수평을 맞추려 하는 이유를
물을 필요는 없었다

잠시 수평이 되었을 때
백점 맞은 아이들처럼
환호성을 질렀다

아이들은 다른 놀이터로 뛰어가고
시소는 다시 한쪽으로
기울어진다

언젠가 아이들이 다시 와
시소놀이를 하겠지

시소 주변엔
바람도 쉬어가며
햇빛도 가만히 내려앉는다

아, 미사리

언뜻 보면 도시
살짝 보면 시골
잠시 보면 자연

나서 보면 한강
걷다 보면 둑방
건너 보면 산하

이리 보면 억새밭
저리 보면 버드나무숲
바로 보면 꽃밭

아침에는 물안개
점심에는 아지랑이
저녁에는 노을빛

내가 보면 희망도시
너랑 보면 행복도시

모두 보면 명품도시

아름다운
모래와 사람이
노래하며 빛나는

술 한 잔, 노래 한 곡, 시 한 수가
생각나는

도시인 듯
아닌 듯
하남 미사리……!

요즈음

아이들은
귀로 책을 읽고

어른들은
텔레비전으로 음악을 들으며

어르신들은
젊음으로 세상과 친구한다

자연

내가 사소한 사람이라고
말하는 사람은 없겠지요

내가 못난 인간이라고
표현하는 사람은 더욱 없을 거예요

내가 아는
꽃들은 풀들은 나무들은
그냥 그대로 그렇게
살아가고 있습니다

그래서
자연은 자연스럽지요

작은 꽃

미사리 들길을 거닐다
너무 작아
꽃인 듯 아닌 듯
무심히 지나쳤던
작은 점

교정 뜰에서
우연하게 그 꽃을
또 보았네
유심히

누가 작은 꽃이라 하였던가?
우주를 본 듯
눈 안에 들어온 뜨거운 꽃

햇살이 살랑 내려와
우리 아이들 닮은
하트잎 위에

앙증맞은 꽃 피웠네

너의 우주를 알려 주어
감사해요
네가 이 세상에 있는 것만으로도
나는 고마워요

꽃마리……

초봄

봄나물의 기지개이고
바닷가 물고기의 요동침이며
땅 속의 기운이 꿈틀거리고
풀꽃들의 예쁜 세수이다

봄 시샘이 싸늘해도
봄을 담아왔다
봄이 만져진다
봄이 익어 간다

초콜릿 한 통

초콜릿 한 알에 정을 담고
초콜릿 한 알에 마음을 담고
초콜릿 한 알에 사랑을 담아

너에게 선물하니

너로 하여 나는
뜨거운 사람이 되는 줄
이제야 알았구나

호접난

늦게 해 잘 드는 창가에
만천홍난이 있다

죽었는지
질긴 마른 꽃대와
푸석한 잎새가
무심하게 남아 있다

물을 주어도 살아날
기미가 없기를
늦봄까지였다

버리려다 버리려다
가끔 물만 주고 그냥 두었는데

어느 순간
꽃대가 올라오더니
진한 자주색 꽃이 찬란하게 피었다

사막에서 피어나는 꽃이

이보다 예쁘랴

횡재

길 막혀 돌아가는데
그 길에 벚꽃 축제가 열렸다
바로 차에서 내렸다

만개 즈음이라
살랑 바람이 가지를 흔드니
벚꽃비가 내리고
이어 힘찬 바람 불어오니
벚꽃눈이 날렸다
함박벚꽃눈이 바닥에
수북하게 쌓인다

오늘 횡재했다

2부

———

여름

여름

태양이 지구에 빠졌나
폭풍같이 뜨거운 너

그러니,
여름은 고추다

구름

푸른 하늘바다 위에
솜사탕 구름
둥둥 떠내려가고

잔잔한 바람파도 일렁이니
솜사탕 구름을
마술처럼 조각하네요

내 마음속 그리움을
솜이불 구름에
살포시 덮어

저 멀리
볼 수 없는 그대에게
전하고자 합니다

구름 친구

푸른 하늘에
하얀 구름 피어오르면

뭉게구름에 뛰어 올라
먼 구름 세상 속으로
여행을 했었지

구름이 흐르고
또 흐르고……

지금도
하늘의 구름을 보면

눈이 열리고
쿵쾅 가슴 뛰는 나를
문득 발견한다

구름은
나의 친구다

꽃받침

자랄 때는 일찍 나와서
감싸주고
활짝 필 때는 밑에 숨어
지지하면서

비바람에 꺾인 꽃잎을
온몸을 다해
붙들고 견뎌 냈지

마지막 꽃잎 하나까지
받쳐 주고 나서야
그제야 서서히 고개를 떨구는

우리 엄마를 닮은 너는
다음 꽃주머니도
품었구나

너의 이름은
꽃받침

노래

가요 경연 프로그램에서
노래가 흘러나옵니다

멋있는 가수
아름다운 선율
공감 가는 가사
폭발하는 가창력
뜨거운 분위기

모든 것을 잊고
동시다발적으로
푹 빠져들게 하는
그 순간의 예술

시가 아름다운가
노래가 아름다운가

달팽이

느리지만
간다

거꾸로 매달려도
떨어지지 않는다

너, 참 대단하다

두물머리에서

북에서 넓은 물줄기가
흐르고

남에서 깊은 물줄기가
흘러 와
두물이 모이니

아름다워라

또 작은 경안천 물줄기가
합류하여

더 큰 세상에
에너지와 생명을 선물하니

더욱 아름다워라

이제

세물머리라 하여도

어색하지 않으리

산 정상에서

드디어
산
정상이다

손을 뻗으니
하늘이 내 손을 잡는다

말간 하늘
가슴이 따뜻해진다

순식간

이른 아침 여명
해가 산 위에
떠오르려 합니다

적외선 차단 거실 창문을 통해 보니
똥그란 초승해를 살짝 내밉니다
창문을 열어 줍니다

유리 창문으로 보니
눈부신 반달해가 해무리를 자랑하며
하늘로 떠오릅니다
또 창문을 열어 줍니다

방충문을 통해서 보는 해는
지구본 같은 해로 변신하고
마지막 그물문을 여니

동심원 같은 호수에 빠진 해가

이글거리며 눈부시게 솟구칩니다
눈이 아프도록 햇살을 쏘아 줍니다

이 짧은 순간의 파노라마

나는,
신선하고 뜨거운 피가 왕성하게 돌면서
기지개를 쭉 펴니

이 세상이
다 내 것이로다

시골 도시

개굴 개굴 개굴……
개구리 한 마리가 울기 시작하니
모든 개구리들이 따라서
대합창을 시작합니다

잠들기 어려운 한여름 밤
소리가 창문으로 들어와
잠을 설치게 합니다

아파트 물숲 정원에서
어릴 적 시골 논으로
꿈길 여행을 하려나 봅니다

아파트 나무숲 정원에서
왕성한 매미 소리와 함께
어릴 적 고향으로
아련한 추억 여행을 하려나 봅니다

시골 속에 풍덩 빠져 있는

도시의 아파트

제2의 고향입니다

여름의 끝자락

초가을이 다가오니
마음이 풍성해지고

머릿속의 가을은
설레기까지 합니다

뒤돌아선
여름은

쓸쓸한 뒷모습의
우리 아버지처럼
힘없이 가고 있습니다

여름은 여전히
가슴속에 남아
응원합니다

인정한다

나는 선생님
너를 칭찬한다

나는 엄마 아빠
너를 칭찬한다

이제부턴,

선생님은
너를 인정한다

엄마 아빠는
너를 또 인정한다

태양

태양 빛이
나의
눈을 쏘았다
가슴을 쏘았다

세상이 커졌고
마음이 터졌다

태풍

태풍 후에 태양을 보다

검붉은 구름 속에서 불쑥 튀어나온
태양을 보았다

무거운 침묵을 털어내고
첫사랑의 애인을 보듯
그저 바라보았다

태양은
태풍 위에
그렇게 서 있다

풀잎에 앉은 이슬

어릴 적 여름방학 이른 새벽
시골 작은 집에 갈 때
운동화와 종아리에 스치던
시골 둑방에서 먹어 본 이슬

샘물보다 상큼한
친구였지

인생 육십 바퀴 돌아
초여름 새벽
아파트 공원 산책길에
살짝 만져 본 이슬

빙하수보다 청량한
친구이지

하늘

아,

감사합니다

파아란 하늘을 주서서

저는 하늘 속으로 풍덩 빠지고 싶습니다

하늘을 봐

가슴이 답답할 땐 바다를 보자
거품 파도가 어깨동무 해 주니

마음이 아플 땐 하늘을 보자
솜이불 구름이 가슴을 살포시 덮어 주니

우울할 땐 친구를 보자
깔깔 소리 음악 속에
주인공 되어 손뼉친다

하루살이

하루살이가
힘찬 날갯짓을 할 때
비로소 우리는 알았다

하루를 날기 위해
1년여 동안 긴 인고의 시간을
보냈고

죽음의 순간 사랑으로
생명을 다시 잉태한다는
사실을

하루를
잘 살았다

해무리

어제도 그제도
하늘에 해가 떴다

오늘은
다른 해가 떴다

공시디를 닮은 해가
은반지 같은 태양이

빛씨앗과 물씨앗을
버무려 빚은
우주의 작품
해무리

위대한 자연에
항상 감사할 뿐입니다

흰 구름

하늘에 떠 있는
하얀 버무리떡을 포장하여

맘 고픈 아이들에게
배달해 주고 싶다

하얗게 웃는
아이의 얼굴이
둥글게 예쁘다

3부

가을

가을

최고음 바이올린 소리

비수 같이 외로운 너

그래서,

가을은 밤송이다

가고 있다

늦을 뿐 천천히 가고 있다
속도보다 방향이니까

가지 않은 길을
가 보지 못했던 길을
우주에 소풍 가듯 설레이는 마음으로
가볍게 간다

가을은

가을은
쓸쓸한 나의 마음을
고향으로 이끌어 줍니다

가을은
외로운 나의 가슴을
어머니에게 데려다줍니다

또 가을은
고적한 너의 모습이
나에게 그리움으로
다가오게 합니다

그리고
서쪽 하늘을 닮은
가을 여인이 되어
안개비 속으로 멀어집니다

가을 남자

맑은 가을 하늘이 아니어도
서운하다 하지 않겠다
내일 눈 뜨면 또 다른 푸른 하늘이
열릴 것이니

단풍 색깔이 예쁘지 않더라도
섭섭하다 하지 않을 것이다
내 마음속의 단풍은 더 예쁘니

가을비가 추적추적 내리더라도
아쉽다 하지 않겠다
비 내리면 한없이 깊어지는
가을앓이를 하니

나는,
이 가을과 연애하고 있다

가을 사랑

가을이 오면
찬바람을 벗 삼아
감기와 기침, 알러지 증상으로
혹독한 몸살을 앓아
그다지 반갑지만은 않다

그러나 가을은
온 세상을 수채화 그림으로 바꾸고
소풍 나온 아이처럼 즐거움을 주어
감성적인 계절 손님이지

그리하여
수채화 물감으로 몸살조차 덮어쓰기 하여
최고의 계절 풍경을 만드니
이보다 더한 선물은 없다

가을 시

가을엔 시를 읽을 거예요
유명한 시가 아니어도 좋아요
감동적인 시가 아니어도 괜찮습니다
그냥 시를 읊을 수 있을 것 같아요

가을엔 시를 쓰겠습니다
멋진 시가 아니어도 좋아요
멀어진 이에게 보내는 시도 괜찮을 것 같습니다
가까운 사람에게 읽어 줄 수 있는 시면 더욱 좋겠지요
그냥 옅은 커피향 같은 그런 시를
지을 수 있을 것 같아요

가을날엔
코트 깃 세우는 바람에 책장을 넘기며
낙엽 타는 냄새를 맡으며
그렇게
가을 시를 사랑할 것만 같습니다

가을앓이

가을을 앓지 않고서
추억을 노래할 수 없다

가을의 무지개를 보지 않고서
단풍을 이야기할 수 없다

가을 찬바람에 마음이 시린 그대여
너의 가슴에 낙엽으로 불 질러
뜨겁게 따갑게 달구자

구절초

초가을의 꽃이라
구절초라 하였던가

빨리 가을 향기를 전하려
그 자리에 서둘러 피어 있구나

그늘진 자리의 구절초는
아름답다 못해
은은하게 형광빛을 발하고

구구절절한 너의 마음을
다 알지 못하는 나는

너에게 눈을 맞추며
너의 향기에 흠뻑 취해 본다

길 위에서

길은 곡선입니다
길이로만 보지 않으면 말입니다

길은 양쪽으로 갈수록 기울어집니다
양쪽으로 가다 배수구 도랑에 빠져
정신을 잃었습니다

한가운데로 가는 것도 수월한 일은 아니지요
서로 걸리고 부딪치니까요
긴 마라톤을 할 때는 도로 위 중앙선 두께도
바닥과 높이가 달라 많이 힘듭니다

그래도 가운데로 갑니다
정신을 잃는 것보다는 나으니까요

길 위는 지구둘레길입니다

낙엽

왜 떨어지냐고 묻지를 마라
높은 가지 끝에서 버티려다
빙빙 돌면서 내려앉았다

왜 누르스름하냐고 말하지도 말자
사시사철 눈부시게 푸르러
잠시 변덕을 부렸다

왜 구겨져 있냐고 더욱 이야기 말자
태풍 비바람과 한바탕 잘 놀다 보니
주름이 졌다

떨어진 낙엽은
찬바람에 잠시 몸을 들썩일 뿐이다

서쪽 하늘

해 기우는 서쪽 하늘은
아름답다 못해
슬픕니다

노을의 아름다움에 겨운
작은 새는
외로이 날아가고

나는
그 모습을 가슴에 담고
어설픈 잠을
청해 봅니다

내일 새벽 동쪽 하늘에
찬란하게 떠오를
그 해를 사랑하면서

서쪽 하늘은

동쪽 하늘의

어머니입니다

손주와 할머니

이른 일요일 아침
아파트 안의 넓은 길에서
조금 큰 손자가
자전거를 힘차게 달리고

뒤따라
약간 작은 손녀가
질세라 쌩쌩 달립니다

하얀 머리를 휘날리는 할머니가
자전거로 바로 뒤쫓아
따라 달리십니다

자전거 달리기로
손주는 할머니가 되고
할머니는 손주가 되었습니다

아름다움

하늘이 아름다운 것은
높이 떠 있기 때문이고

땅이 아름다운 것은
드넓기 때문이며

사람이 아름다운 것은
지는 방법을 알기 때문이다

의자

태풍이 막 지난 다음날 오전
초가을을 만지려 나들이 나왔다

맑은 하늘에 어제와 다른
구름 조각들이 느릿하게 걸어 다니고

잔디 위 야외용 의자에 앉아
무심하게 조정 경기를 구경하며
한가로움을 맛보았다

평상으로 돌아와 시를 읽고 있는데
센 바람이 불어 의자가 넘어졌다
세워야겠다고 일어서려다
다시 앉았다

그래,
너도 그냥 쉬어라

인생, 단풍이자 불꽃

누가 인생을 고통이라 했는가
누가 인생을 슬픔이라 말하는가
누가 인생을 비극이라 노래하는가

그 아픔과 눈물과 좌절을 벗 삼아
피어나는

무지갯빛보다 찬란한 단풍이며
활화산을 휘어 감는 불꽃이다

잠자리채

추석날 조정경기장
넓은 잔디 위에서
할아버지와 손자가 잠자리를
잡으려 뛰어 다닌다

잠자리채를 함께 잡고
뒤뚱뒤뚱하는 모습이
한가롭다

어렵게 잠자리가 잡혀 주어서
손자보다 할아버지가 더욱
파안대소한다

채에 가득한 것은
잠자리가 아니라
할아버지의 사랑이다

코스모스

뜨거운 길가의
흐늘거리는 코스모스는
여름의 꽃이다

맑은 길가의
하늘거리는 코스모스는
가을의 꽃이다

큰 바람 작은 바람에
외로이 흔들거리며
길손의 마음을 훔치는

너, 코스모스는
계절의 꽃이 아니라
마음의 꽃이다

텔레비전

아름다운 풍광이 내 가슴을 훔치니
시간은 저 멀리 달아나고
또 하루 친구이었네

진짜 같은 너
가짜 같은 나

화담숲에서

화사하게 살자
꽃처럼

담담하게 살자
나무처럼

숲속에서 살자
새들처럼

희망 사항

나는
하늘에 흐르는 별이고 싶습니다
무지개를 좇아 달리는 청년이고 싶고요
태양보다 뜨거운 눈빛을 갖고 싶어요
가을날의 단풍이고 싶고요
꽃이 자랑하지 않듯이 그렇게 살고 싶습니다

4부

———

겨울

겨울

페치카 난로의 열이 차가워
어머니 가슴의 포근한 온도로
나를 감싸 안는 너

그렇죠,
겨울은 매화다

겨울 모퉁이

겨울 찬바람이지만
아이들이 밖으로 나왔다

햇살 좋은 따스한 모퉁이에
모여 앉아 재잘거린다

바람 없고 크지 않은
그 모퉁이에는
아이들만의 따스한 세상이
너그럽게 펼쳐진다

겨울 찬가

춥지 않은 겨울이 어디 있던가
추워야 겨울이고
여름이 빛나지

얼지 않는 겨울이 있었던가
얼어야 얼음을 만들고
사랑으로 녹이지

겨울은 하얀 눈으로 말한다
봄보다 부드럽다고

겨울은 겨울 볕으로 말한다
여름보다 뜨겁다고

나, 바보

노점에서 물건을 가끔 자주 산다
크게 필요 없을 때에도
그 할머니가 떠올라서

예전에
전철역으로 막 뛰어 가는데
금방 쓰러질 듯이 작고 왜소한 할머니가 길가에 앉아
눈빛 없이 과일을 팔고 계셨었지

다 물러 터진 과일을 살까 말까
순간 고민하다
먹을 수도 없고 들고 다닐 수도 없어
이성적인 머리로 그냥 지나쳤다

그 이후로 그 자리에
할머니는 보이지 않았고
나는 가슴이 뻥 뚫렸다
지금도

바쁨에 올라타 슬픔에서 내려온

나는 슬픈 바보인가 보다

나는 기쁜 바보이고 싶다

남자 여자

행복을 원하십니까?

남자는 여자처럼
여자는 남자처럼
생각하세요

진정한 평화를 원하시나요?

여자는 남자처럼
남자는 여자처럼
행동하세요

노란 리본

수백 개의 노란 리본이
쇠창살을 부여잡고
파르르 떨고 있다

햇살 좋은 날에도
비바람이 부는 날에도
눈이 오는 날에도

너는 왜 그렇게 끊임없이 몸부림치는가
슬픔이 그러한가
억울함이 그러한가

너는 언제까지 바람과 싸울 것인가
마지막 실 한 올이 닳아 없어지기까지
배가 삭아 없어질 때까지
너는 그럴 것이다

나는

가슴으로 머리로

그렇게

아파만 아파만 했구나

죄인 아닌 듯이

미안하고 사랑한다

사랑하고 미안하다

이제

세상사람 모두가 뜨겁게 포옹하자

그렇게 그렇게

잊혀지지 않도록

나와 너 우리는

마음벽 높이뛰기 선수다

달걀의 비밀

달걀은 영양 있는 음식으로
맛이 있고
한쪽이 조금 뾰족한 불완전 타원형으로
나에게 항상 매력 있게 다가온다

그 모양으로 인하여
달걀을 굴리면 원을 그리면서
돌아갈 뿐
밖으로 떨어져 깨지지 않는다

그래서
좁은 껍질 안에서 노른자와 흰자가
갈등을 일으킨들
깨지지 않는 달걀의 놀라운 비밀을 알고
더 강하게 끌리게 된다

그래서 콜럼버스도
둥글둥글한 달걀을 좋아했나 보다

생각의 틀 속에서 뛰쳐나와
그 유명한 일화를 만들었으니

또한
삶은 달걀을 빨리 돌리면
일어나 서서 돌아가니
넘어진다 한들
사람처럼 걱정이 없겠다

달걀이 먼저인지 닭이 먼저인지
알 수 없지만
달걀의 비밀이 사람의 행동과 같다는 것은
알 수 있다

덩굴

어느덧 다 덮었다
회색 벽면을

그 높이까지 다 채웠다
딱딱한 벽면을

조무락조무락 흡반으로
기어오르는 덩굴손은
회색 장벽을 다 삼켰고
녹색 세상을 내뱉었다

겨울에도 잎만 떨굴 뿐
그 세찬 추위와 바람에도
더 단단히 붙어서
회색벽을 꼭 감싸지

아기손이 엄마를 부여잡듯이
덩굴손은 생명을 부여잡는다

복면 인생

복면 프로그램이 있습니다
좋아합니다
내가 사랑하는 음악 프로그램 중
하나거든요

얼굴을 가리고 노래를 하니
좋은 점도 있고
때로는 불편한 점도 있겠지요
종종 우스꽝스런 개인기도 해야 하니

누구인지 예상이 가능하면서
적중하기도 쉽지 않습니다
그나저나 홍미진진합니다

나도 가끔은 가면을 쓰고
무대에 올랐었지요
자랑스러워 보였지만
조금은 불편했다는 것을

이제야 고백합니다

무대가 끝난 후
공통적으로 하는 말

가면을 벗으니
그렇게 시원하다고……

소통

우리는 리듬으로 통한다
노래와 음악, 춤과 운동
또, 사랑 율동으로

우리는 파동으로 통한다
햇빛과 달빛, 물결과 파도
말소리와 종소리
또, 심장 울림으로

우리는 몸으로 통한다
손짓 몸짓 눈짓
또, 눈길 눈빛으로

세상이 아름답게 쉬워진다

세월

작은 감동에
울컥해지고

사소한 느낌에도
소름이 돋네요

자연과 우주가
나와 친구 같아요

모두
사랑하고 싶고요
사랑할 것 같아요

저 밤하늘의
쏟아져 내리는
별들처럼

슬픔

나는 슬픕니다
당신도 슬프지 않나요

슬픔을 슬프다고 할 이유가 있을까요
삶은 원래 그런 것인데

그 다음부턴 기쁨 아닌가요
슬픔 없이는 기쁨도 느낄 수 없으니까요

아리랑, 한오백년, 독립투사
나 홀로 길을 가네, 집시, 백학, 엘콘드라파사
알함브라 궁전의 추억, 셰익스피어의 비극
시리아 쿠르디, 전쟁, 기아, 난민, 그림 절규
네이팜탄 소녀, 유대인 학살, 인종 청소
......

사람의 깊은 심연을 울리고
격한 공감을 주는

여러 나라의 민요가
세계의 문화 예술이
대부분 슬픔 아닌가요

이 세상 그 누구도
나의 아픔을 대신해 줄 수 없겠지요

그래서
사람은 끊임없이 자신의 이야기를
들어줄 사람을 찾아다니는
외로운 방랑자인가 봅니다

그런데
어느 날 갑자기
잠자고 일어나 보니

뜨거운 해, 따스한 달, 당당한 꽃이
있기에

봄날 여린 새싹이 척박한 땅을 뚫고

용감하게 나오기에

나는

오늘도

나의 길을 갑니다

어머니

엄마하면 떠오르는
주체할 수 없는 연민의 정이

그 모진 세상을
어떻게 그렇게 사셨나요

아름다운 다음 생에는
내가 엄마로 태어나

힘 있게 손잡아 줄게요
뜨겁게 껴안아 드릴게요

어젯밤 꿈처럼
매일

주목

천 년 세월 살아오며
인간 세상 굽어보니
작고 단단해졌구나

천 년 세월 죽어가며
사람 세상 걱정하니
갈라지고 찢겼구나

일백 년도 힘에 겨운
너와 나의 삶의 무게
주목 앞에 무상하니
바람처럼 살으리라

진실

진실은

양쪽 끝의

중간 언저리 어디쯤에

외로이 숨어 있을 것이다

터널 끝에서

지하철 세상 속에서
힘들어도 달립니다
마라토너처럼

시작과 끝이 있기에
빛을 향해
갑니다

빛과 어둠
그리고
처음과 마지막을 찾아

뫼비우스 띠의 삶을 사는
우리

판단

공부할 때는
주로 다른 사람과 비교하여
상대평가를 받았다
'나'만이 아니고

원하지 않았지만
그냥 수긍하였다

성인이 된 후에도
상대평가를 해야 하나?

본질만 생각하여
절대평가로 판단하면
일정한 형태를 자연스럽게
유지하며 하늘을 나는 새같이

가벼운 일상이
기적처럼 다가오리라

하나로

한반도 닮은 지형이 보이는
영월의 산에 올랐다

산 정상의 가녀린 나뭇가지에
한겨울의 혹독한 눈보라가 몰아쳐
가지 끝에 한 점씩 매달린다
눈꽃송이가 피어나고 얼음보다
차가운 냉기로 가지를 부여잡는다

봄이 되면 눈물 흘리며 이별하고
죽을힘을 다해 꽃봉오리를 내민다
고독한 꽃을 피운다
슬픈 꽃을 터트린다

메마르고 차갑게 흔들리는
나뭇가지 사이로
한반도 지형이 어른거린다
햇살 가득한 사람들이 나타난다

하얀 눈

봄에 내리는 하얀 눈은
예쁘지 않다
꽃들이 더 예쁘니

가을에 휘날리는 하얀 눈은
멋지지 않다
낙엽이 더욱 멋지니

하얀 눈은 예쁘다
겨울에 복스럽게 내려 앉아
온 세상을 감싸며 뜨겁게 포옹하니

하얀 눈은 멋지다
따뜻한 봄을 기다리는
겨울의 끝사랑이니

해가 달로

오늘도 해가 달로 바뀌었네요.
해의 슬픔을 위로할까요?
달의 기쁨을 축하할까요?

흐려진 산하는 나의 고향이건만
뿌연해진 세상은 나의 둥지이건만

내일을 위해 내가 언제 이렇게
간절히 기도한 적이 있었던가?
숨 쉬게 해 주소서

휴전선

사람이 멈추는 곳
기차가 서 있는 땅

역사가 엎드린 곳
시간도 외로운데

새들과 꽃들
달빛과 햇볕은

서로를 움켜잡고
고요히 속삭이네

ⓒ 윤여칠, 2019

초판 1쇄 발행 2019년 12월 26일

지은이   윤여칠
펴낸이   이기봉
편집   좋은땅 편집팀
펴낸곳   도서출판 좋은땅
주소   서울 마포구 성지길 25 보광빌딩 2층
전화   02)374-8616~7
팩스   02)374-8614
이메일   gworldbook@naver.com
홈페이지 www.g-world.co.kr

ISBN   979-11-6435-994-3 (03810)

이 도서의 국립중앙도서관 출판예정도서목록(CIP)은 서지정보유통지원시스템 홈페이지(http://seoji.nl.go.kr)와 국가자료공
동목록시스템(http://www.nl.go.kr/kolisnet)에서 이용하실 수 있습니다. (CIP제어번호 : CIP2019051520)